AF299724

TROIS EPITRES

PAR

M. L. D. EMERIC.

Prix 1 fr. 50 cent.

DE L'IMPRIMERIE DE BRASSEUR AÎNÉ.

A PARIS,

Chez Brasseur aîné, rue de la Harpe, n°. 93; et chez
les Marchands de Nouveautés.

MDCCCVI.

EPITRE

A DEUX EPOUX

POUR LES ENGAGER A DONNER UN BAL.

EPITRE

A DEUX ÉPOUX

POUR LES ENGAGER A DONNER UN BAL.

> . . . . *Nunc pede libero*
> *Pulsanda tellus* . . . .
>
> Hor. od. 32.

Au nom de deux Dames aimables,
Toutes deux faites pour charmer,
Pour vous, Messieurs, je vais rimer :
A mes vers soyez favorables,
Car chez les femmes le desir
N'est que le besoin de jouir.

Mais déjà votre impatience
Vient agiter votre cerveau.
Calmez-vous, Messieurs, je commence :
Vos Dames guident mon pinceau.

Voici le tems où la Folie,

Par ses divers déguisemens,

Ajoute aux plaisirs de la vie

Mille divers amusemens.

Ici la Musique et la Danse

Se tiennent gaîment par la main, (a)

Et là dans un bruyant festin

Chacun cherche avec complaisance

A rendre un hommage certain

Aux mets qu'on sert sans ordonnance.

Plus loin dans un salon de jeu,

Où l'on ne vit jamais les Grâces,

Plusieurs joueurs qui parlent peu,

Font d'assez plaisantes grimaces.

Un faux Bacchus sur un tonneau,

Entouré d'une foule immense,

Là bas verse avec abondance

Du bon vin fait avec de l'eau.

Ailleurs on voit des mascarades,

Où de furieuses Ménades

Présentent des plaisirs nouveaux

Aux insatiables badeaux

Qui les suivent dans leurs gambades,

A ce portrait original,
Où chacun joue un personnage,
On reconnaît le Carnaval
Armé de son double visage.
Le Carnaval, en vérité,
Ressemble à la société,
Où, pour plaire, quoi que l'on fasse,
Il faut avoir sa double face.

Mais laissons là le point moral
Qui vient troubler ce badinage,
Et sans un plus long verbiage
Arrivons au but principal
Qui doit couronner mon ouvrage.

Messieurs, je vous demande un bal
En l'honneur de vos jeunes Dames;
Un bal où de charmantes femmes
Et des cavaliers d'un bon choix,
Frais, dispos autant que courtois,
Sans s'écarter de la décence,
Sachent avec intelligence
Unir la grâce à la cadence.

La jeune Aglaure y dansera :
Son joli pied dessinera
Sur le sol qu'il effleurera
Le caractère d'inconstance
Qui fait le charme de la danse.

Eléonore aura son tour :
Et telle qu'on voit Terpsichore
Danser au milieu de sa cour,
On verra cette Eléonore,
Dont les yeux recèlent l'Amour,
Faire sur ses légères traces
Renaître ces aimables grâces
Qui savent aux jolis talens
Donner encor plus d'agrémens.

Allons, Messieurs; la complaisance
Tient aux époux qui sont galans :
Vous savez bien que de tous tems
Les femmes aimèrent la danse,
Ainsi point de réflexions :
Payez gaîment les violons (1)

---

(1) Cette Epître est faite depuis deux ans. Les époux ne
voulurent pas payer les violons, et le bal n'eut pas lieu.

Pour faire danser vos épouses
Qui, plus méchantes que jalouses,
Pourraient fort bien sans balancer,
Si vous ne les fesiez danser,
Se livrer par pure vengeance
Aux doux plaisirs d'une autre danse.....
D'ailleurs la Danse est un talent
Qu'on cultive beaucoup en France,
Et qu'on encourage à présent
Comme un mérite d'importance.
On dit même que le bon ton
Exige que dans les familles
Autant les garçons que les filles
Connaissent, malgré la raison,
La Danse avant de savoir lire.
Consultez Duport et Vestris : (*b*)
Ils oseront tout deux vous dire
Que de Berlin jusqu'à Paris,
Et de Paris jusques à Rome,
On ne trouve pas un seul homme
Qui soit digne de leur destin.

Si par hasard quelque écrivain

S'avise, en pédant trop sévère,
De critiquer l'art de danser,
Que le barbare attrabilaire
Dans le boudoir de *Millière*
Aille apprendre l'art de penser.

La Danse est une aimable folle
Que le Plaisir imagina,
Que Terpsichore façonna
Pour les beaux jours de son école,
Que partout la mode mena,
Que le dieu d'Amour couronna,
Que le goût perfectionna,
Et qui toujours sera l'idole
Du plus beau sexe qui l'orna.

On sait que dans son origine
La Danse était toute divine:
Aussi dit-on que saintement
Le roi David se mit en marche
Pour aller faire devant l'Arche (c)
Un pas de deux habilement.
Aux festins, (d) dans les funérailles, (e)
Aux autels (f) et dans les batailles (g)

Toujours la Danse avait le pas.

Plus fraîche alors et plus légère,

Elle avait de si grands appas,

Que partout elle savait plaire.

Mais son folâtre caractère

Fait aujourd'hui moins de fracas;

Car, voyez quelle différence!

Les prêtres n'aiment plus la Danse,

Et par esprit d'intolérance (*h*)

Ils voudraient nous en dégoûter.

Gardons-nous de les écouter.

En vérité, c'est grand dommage

Que ces messieurs ne dansent plus,

Que nous n'ayons plus l'avantage

De voir quelques moines tondus

Faire le branle avec des nonnes, (*i*)

Toute pieuses, toute bonnes,

Pour les louanges du Seigneur

Qui les bénissaient de grand cœur.

Sans eux nous danserons encore;

Et du couchant jusqu'à l'aurore,

Toujours là haut comme ici bas,

De la Danse on fera grand cas.

Un berger danse avec la lune, (*j*)
Et dans le royaume des eaux
On voit Amphitrite et Neptune
N'agir que par bonds et par sauts.

Le terrible dieu de la guerre,
Pour faire la cour à Vénus,
Ferme le temple de Janus,
Et lui donne un bal à Cythère.
Poussé par un divin transport,
Vulcain, qui n'est pas une bête,
Fait danser des figures d'or (*k*)
Pour se consoler de la fête.
Sous l'air benin d'un jouvenceau,
En cadence toujours égale,
Hercule tenant un fuseau,
Fait tendrement sauter Omphale.
Les Sylvains au milieu des bois,
Chaque jour dans leurs promenades,
Font si bien danser les Dryades,
Qu'ils les réduisent aux abois.
On dit aussi que les Planètes,
Et les Signes et les Comètes

Font un branle autour du Soleil, (*l*)
Dont le coup-d'œil est sans pareil!!!
Mais à Paris comme en Islande
Il me faudrait pour en jouir
Connaître l'art de se servir
De la lunette de Lalande.

Dans un palais que les beaux arts
Bâtirent au haut du Parnasse,
Où jamais l'implacable Mars
Ne laissa de sanglante trace,
Affermi par les bras du Tems,
Couvert de lauriers d'un grand âge
Qui semblent avoir l'avantage
De rajeunir tous les printems,
Où jamais la noire tristesse
N'osa prendre la liberté
D'y troubler la société
Qui se complaît dans l'alégresse,
On trouve un beau salon doré,
Que le goût, la magnificence
Ont élégamment éclairé;
Où la Sœur qui règle la danse
Fixa jadis sa résidence

Au milieu de mille plaisirs
Que l'on ne goûte qu'en cadence,
Et qui remplissent les loisirs
De la déité que j'encense.
Le plus habile des danseurs,
Apollon (*m*) tout couvert de gloire,
Y fait aux Filles de Mémoire
Avoir tous les jours les faveurs
D'une Danse aimable et nouvelle
Qui fait éclore même d'elle
Les jeux de la variété,
Et qui mêle à la majesté
La grâce et la vivacité.

Ici bas on peut voir encore,
Lorsque Phébus éteint le jour,
Ces jolis pas dont Terpsichore
Embellit sa joyeuse cour.
A la fin d'une longue scène
Faite exprès pour nous attrister,
La Danse vient nous enchanter
Sur les douleurs de Melpomène.

Vous qui brillez par des talens
Qu'on pourrait dire incomparables,

Recevez tous mon grain d'encens,
Danseurs, danseuses agréables;
Et soyez sûrs que l'Opéra
Embelli par vos jeux aimables,
Tant que le monde existera,
A vos neveux procurera
De quoi bien vivre, *et cætera*.

Laissons la Danse compassée,
Et ses ornemens et son fard,
Et suivons l'heureuse pensée
Qui nous mène danser sans art
Sur un grand tapis de verdure
Que nous présente la Nature,
A l'ombre d'un antique ormeau,
Où l'aigre son du chalumeau
Anime une verte jeunesse,
Qu'une vive et grosse alégresse
Amène en foule du hameau.
L'oreille, autant que l'habitude,
Règle, dans ce commun transport,
Le mouvement et l'attitude,
Les gestes, les pas et l'accord.

La grâce y paraît naturelle,
Et la gaîté, toujours nouvelle,
Toujours prend un nouvel essor.
L'amant s'enlace avec sa belle,
La fait sauter, tourne avec elle;
Et sans craindre de s'exposer,
En l'honneur du dieu qui l'ordonne,
Il lui ravit plus d'un baiser
Que l'amante aussitôt pardonne.
C'est ainsi qu'expire un plaisir,
Lorsqu'un autre plaisir commence;
Et cette agréable démence
Fait éclore un autre desir.

A tout ce que je viens d'écrire,
Messieurs, pourrez-vous résister?
Je pourrais même encor vous dire,
Et poliment vous attester
Qu'on vit jadis un philosophe, (n)
Qui ne fit jamais une strophe,
Mais qui savait très-bien penser,
Recevoir avec politesse
De son adorable maîtresse
Des leçons dans l'art de danser.

Il était un autre grand homme (*o*)
Qu'on remarquait beaucoup à Rome,
Vraiment digne du nom romain,
Qui, semblable à monsieur Jourdain,
Ayant au moins la soixantaine,
Gravement se donnait la peine,
Par une noble ambition,
De régler ses pas en cadence,
Et d'en tenir l'instruction
D'un habile maître de danse.

On veut faire danser Platon (*p*)
Chez un grand roi de Syracuse :
Le philosophe s'y refuse ;
Mais il est bien blâmé, dit-on.
De le blâmer on a raison,
Puisqu'en créant sa république
Platon lui-même ainsi s'explique :
« La Danse donne à tout le corps
« Et cette grâce et cette aisance,
« Que même avec de grands efforts
« On ne peut avoir sans la Danse. »

On dit encor que Lucien (*q*)
Et Bonnet, Cahusac, Noverre,

Et d'autres auteurs faits pour plaire,
En disent tous beaucoup de bien;
Et que le peuple Egyptien,
Peuple ennemi de la sottise,
Ne fesait presque jamais rien
Que la Danse ne fût admise.

Je crois vous avoir démontré
Jusqu'à la plus grande évidence
Que l'art aimable de la Dause
Fut toujours très-considéré;
Que dans la Bible et dans la Fable
Il joint l'utile à l'agréable;
Que de tout tems on a dansé:
Qu'en conséquence il est aisé
De croire que cette folie,
Par tous ses agrémens divers,
Tant que durera l'univers,
Fera les plaisirs de la vie.

Mais avant de clore mes vers,
Messieurs, il me prend une envie,
Dussé-je paraître indiscret,
De vous dire dans le secret

L'unique but de ma folie :
Or vous savez que l'intérêt,
Surtout dans le siècle où nous sommes,
Avidement guide les hommes ;
Qu'à moins de ne passer pour sot
Le moindre auteur n'écrit un mot
Qu'il ne demande son salaire.
Chacun pourtant a sa manière ;
Voici la mienne ; attention :
Sachez que la condition
Qui seule a pu monter ma lyre,
Quand vos femmes au doux sourire
M'ont demandé pour leurs époux
Une épître digne de vous,
Pour avoir de votre obligeance
Un joli bal de circonstance,
Est celle d'un rusé gourmand
Qui dévore la friandise,
Et qui dans tout, quoi qu'on en dise,
Ne se conduit pas autrement.

Apprenez donc sans plus attendre
Que vos épouses galamment
N'ont pas cru devoir se défendre,
Et qu'elles m'ont promis vraiment

Beaucoup de bonbons pour ma peine,
Et de pralines par centaine,
Du sucre, des citrons confits;
Puis elles m'ont encor promis,
Pour mettre le comble à ma joie,
Un fort beau gâteau de Savoie; (1)
Enfin cent mille autres douceurs
Dignes des révérendes sœurs
Qui choyaient ce *Ver-Vert* aimable,
Qui, par le plus heureux instinct,
Et par un trait bien remarquable,
Ruina si joliment en tain
La sœur dite *Saint-Augustin*.

Par un plus grand point d'importance
Qui conclut mon galant marché
(Messieurs, je n'ai rien de caché)
Il fut encore en votre absence
Convenu que plus d'un baiser (2)

---

(1) Toutes ces friandises sont encore à venir. Les deux épouses qui m'ont inspiré sont adorables, mais elles aiment mieux recevoir que de donner. L'auteur n'a pas eu le sort de *Ver-Vert*.

(2) Les baisers ont été ponctuellement et généreusement acquittés : les femmes payent bien de pareilles dettes.

(Je vous le dis sans hyperbole)
Me seraient faits sur *la parole.*

Dans ce délicieux penser
Jà mon desir devient extrême;
Et soudain pour me mettre à même
De bientôt le réaliser,
J'invoque Apollon et ma muse;
Je caresse le beau cheval
Qui naquit du sang de Méduse,
Et qui par sa science infuse
L'emporte sur tout autre animal;
Je le monte tant bien que mal.
Je vais, je trotte, je m'escrime,
Et sous les auspices du bal
Qui m'intéresse et qui m'anime,
J'arrive ici de rime en rime,
Pour avoir de vous l'agrément
De recevoir mon doux paîment.

Heureux si ma plaisanterie
Peut vous amuser un moment!
Et plus heureux, sans raillerie,
Epoux qu'on aime tendrement,

Si comme à vous femme jolie
S'unit à moi quelque beau jour
Pour me faire passer la vie
Dans les délices de l'amour!

———————

NOTES.

(*a*) LA Danse ne serait qu'un art ridicule, si elle n'était animée par la musique. Aussi elle y est tellement unie, qu'on ne saurait faire un spectacle agréable, si la musique n'était de la partie.

(*b*) Tout le monde sait que Vestris le père, qui vit encore, disait : Il n'y a que trois grands hommes en Europe : *moi, Voltaire* et *le roi de Prusse.* Pourquoi Duport ne tiendrait-il pas le même langage, lui qui commence une nouvelle dynastie dans l'empire de la Danse, et qui devient par-là le rival de tous les Vestris présens et à venir?

(*c*) On trouve dans le second livre des Rois, chapitre VI, que David se fit un honneur d'accompaguer l'arche d'alliance en dansant avec la troupe des lévites, depuis la maison d'Obédedom, où l'arche était en dépôt, jusqu'à Jérusalem. Cette marche se fit avec sept corps de danseurs au son des harpes et d'autres instrumens.

(*d*) Il y avait à Athènes et à Rome des gens exercés qui jouaient de divers instrumens; d'autres qui chantaient et qui dansaient pendant et après les festins.

(*e*) Dans les funérailles des rois d'Athènes une troupe d'élite, vêtue de longues robes blanches, commençait la marche. Deux rangs de jeunes garçons précédaient le cercueil qui était entouré par deux rangs de jeunes vierges; ils portaient des couronnes et des branches de cyprès, et formaient des danses graves et majestueuses sur des symphonies lugubres. Les prêtres des différentes divinités adorées dans l'Attique, revêtus des marques distinctives de leur caractère, venaient ensuite; ils marchaient lentement en mesure, et chantaient des vers à la louange du roi mort.

Cette pompe était suivie d'un grand nombre de vieilles femmes couvertes de longs manteaux noirs : elles pleuraient et faisaient les contorsions les plus outrées, en poussant des sanglots et des cris. On les nommait *les pleureuses*, et on réglait leur salaire sur les extravagances plus ou moins grandes qu'on leur avait vu faire.

Les funérailles des particuliers, formées sur ce modèle, étaient à proportion de la dignité des morts et de la vanité des survivans.

Les Romains, en adoptant toutes les cérémonies des funérailles des Athéniens, y ajoutèrent un autre usage.

Un homme instruit dans l'art de contrefaire l'air, la démarche, les manières des autres hommes, était choisi pour précéder le cercueil : il prenait les habits du défunt, et se couvrait le visage d'un masque qui retraçait tous ses traits. Sur les symphonies lugubres qu'on exécutait pendant la marche, il peignait par sa danse les actions les plus marquées du personnage qu'il représentait.

C'était une oraison funèbre muette qui retraçait aux yeux du public toute la vie du citoyen qui n'était plus. *L'archimime* (c'est ainsi qu'on nommait cet orateur funèbre) était sans partialité. Il ne faisait grâce ni en faveur des grandes places du mort, ni par la crainte du pouvoir de ses successeurs.

(*f*) Les Juifs, les Egyptiens, les Grecs, les Romains avaient leur danse sacrée, et chaque peuple la mêlait, suivant l'usage, à ses cérémonies religieuses.

Les premiers chrétiens regardaient la Danse comme un moyen d'animer leurs fêtes, d'embellir leurs cérémonies, et de rendre leur culte plus imposant. Pendant les persécutions qui troublèrent leur paix, il se forma des congrégations d'hommes et de femmes qui se retirèrent dans les déserts. Ils se rassemblaient dans les hameaux les dimanches et les fêtes, et y dansaient pieusement en chantant les prières, les pseaumes et les hymnes qui retraçaient la solemnité du jour.

Lorsqu'ils eurent la liberté d'élever des temples, ils disposèrent ces édifices relativement à cette partie extérieure du culte. Ainsi, dans les premières églises on pratiqua un terrein élevé en forme de théâtre, auquel on donna le nom de *chœur*.

C'est là qu'à l'exemple des prêtres et des lévites, le sacerdoce de la loi nouvelle formait des danses sacrées en l'honneur du dieu des chrétiens.

Mahomet institua également une danse sacrée qui n'était pratiquée dans les mosquées que par le sacerdoce. Les Dervis, espèce de fous mélancoliques, pirouettaient jusqu'à perdre haleine en l'honneur de Ménélaüs leur fondateur, qui dansa, disent-ils, pendant quarante jours en faisant le moulinet.

(*g*) Les Lacédémoniens, qui ont été les plus belliqueux de toute la Grèce, après avoir appris la danse militaire de Castor et Pollux, la cultivèrent avec tant de soin qu'ils n'allaient à la guerre qu'en dansant au son de la flûte.

Les Éthiopiens allaient aussi au combat en dansant au son des trompettes et des cymbales; et avant de tirer leurs flèches, qui étaient rangées autour de leur tête en forme de rayons, ils sautaient et dansaient comme pour étonner leurs ennemis.

(*h*) Beaucoup de curés de village ne veulent pas qu'on danse, surtout le dimanche, devant l'église. Avant et après les cérémonies du culte ils aiment mieux qu'on joue et qu'on boive. Sans doute la boisson et le jeu flattent plus leur goût.

(*i*) Il était plus naturel de voir danser des moines avec des religieuses, que des chanoines avec des enfans de chœur. Il y a environ cent ans qu'on voyait encore en France les prêtres et le peuple de Limoges danser en rond dans le chœur de Saint-Léonard. A la fin de chaque pseaume ils substituaient au *gloria patri* ce verset qu'ils chantaient avec les plus vifs transports de zèle et de joie: *San Marceau, pregas per nous, et nous espingaren per bous.*

Le P. Ménétrier, jésuite, rapporte même avoir vu dans quelques cathédrales les chanoines faire le branle avec les enfans de chœur, surtout le jour de Pâques.

(*j*) On reproche à Diane d'avoir souvent quitté le ciel pendant la nuit pour venir danser sur la terre avec le berger Endymion.

La conduite de cette déesse ressemble beaucoup à celle de certaines femmes qui dans la société affectent un grand dégoût pour tel ou tel plaisir, et qui ne savent s'en rassasier lorsque l'hypocrisie peut en secret faire place à leur dangereux penchant.

(*k*) Homère, pour nous apprendre combien les dieux aimaient la danse, dit que Vulcain forma des automates ou figures d'or qui dansaient toutes seules.

(*l*) La danse que les Egyptiens imaginèrent pour exprimer les divers mouvemens des astres fut la plus ingénieuse : les prêtres revêtus d'habits éclatans, et sur des airs harmonieux, d'un caractère noble, l'exécutaient en tournant autour de l'autel. Ils le considéraient comme le Soleil placé dans le milieu du ciel, et ils figuraient par leur danse le cercle des Signes célestes, sous lequel ils croyaient que l'astre de la lumière faisait son cours journalier et annuel.

(*m*) Pindare dit qu'Apollon fut surnommé le sauteur par excellence.

(*n*) Socrate recevait des leçons de danse d'Aspasie, et fut loué par les philosophes qui vécurent après lui de ce qu'il dansait dans les bals de cérémonie d'Athènes.

(*o*) Caton, qui avait négligé de s'instruire dans les premières années de sa vie d'un art qui était devenu chez les Romains un objet sérieux, crut devoir se livrer, à l'âge de soixante ans, aux instructions d'un maître à danser.

Ces deux philosophes nous prouvent que l'on peut à tout âge faire des folies et donner dans les plus grands ridicules.

(*p*) Platon, qui a fait l'éloge de la Danse dans sa république, refusa néanmoins de danser à un bal que donnait un roi de Syracuse; mais il fut beaucoup blâmé par les philosophes de son tems.

(*q*) Lucien a donné des préceptes sur la Danse, et a indiqué les connaissances que doit avoir un bon compositeur de ballets. Bonnet en a fait l'Histoire; Cahusac un Traité historique; et Noverre, en homme de l'art, a écrit des lettres assez agréables. Dorat a également consacré à la Danse un chant de son poème de la Déclamation.

Il paraît, d'après toutes les recherches que j'ai faites sur cet art, que nous sommes encore très-loin des anciens; car il n'est pas de folie qu'ils n'aient imaginée, tant dans leur danse sacrée que dans leur danse profane. Les philosophes et les législateurs ne regardaient pas cet exercice comme un simple amusement, mais comme un objet qui entrait si fort dans l'éducation, que personne de l'un ou de l'autre sexe ne pouvait se présenter nulle part sans savoir danser. Il faut espérer que les Français ne deviendront pas tout à fait aussi fous que leurs bons aïeux, et qu'ils ne traiteront jamais la Danse que d'art frivole, propre toutefois à un amusement agréable , qui convient plutôt à la jeunesse qu'aux gens sensés.

Louis XIV établit pourtant une Académie de Danse en 1661 : elle était composée de treize académiciens qui avaient, dit-on, beaucoup de talens. Les bals de ce tems étaient plus brillans que ceux d'aujourd'hui.

EPITRE

A ZELMIRE

SUR

LES DANGERS DE LA COQUETTERIE.

Seconde édition, corrigée et augmentée.

AVERTISSEMENT.

Cette Epître parut en l'an 9 , et dix-huit
mois après ou environ M. Luce de Lan-
cival traita le même sujet. Je m'estimerai
donc fort heureux si cette seconde édition
peut se lire après l'*Epître à Clarice* du
poète aimable que je viens de citer. Néanmoins il est bon de faire observer qu'à l'é-
poque où je mis ma production au jour le
rédacteur de la Gazette de France s'ex-
prima ainsi : « En lisant une bluette inti-
« tulée *les Dangers de la Coquetterie* ,
« on imaginerait d'abord qu'une produc-
« tion qui s'annonce par un titre sembla-
« ble, est un poème ou un drame dont le

« dénouement ne peut offrir qu'une ca-
« tastrophe ou du moins une leçon mo-
« rale; c'est tout simplement une flagor-
« nerie adressée à une coquette, et beau-
« coup plus propre à faire naître la va-
« nité qu'à la détruire. La chevalerie fran-
« çaise ne permet pas d'en agir autrement
« à l'égard du beau sexe; et le miroir qu'on
« ose quelquefois lui présenter est toujours
« obscurci par l'encens qui fume entre l'i-
« dole et son image. »

D'après ce paragraphe j'ai sans doute
lieu de m'imaginer à mon tour que mon
Epître fut jugée sans avoir été lue, ou
qu'elle le fut avec beaucoup de distrac-
tion. En traitant des dangers de la coquetterie j'ai cru devoir employer tour
à tour la morale et l'ironie : j'ai suivi ma
Coquette aux promenades, aux fêtes, aux
spectacles, au bal; et enfin je l'ai rendue
amoureuse d'un de ses adorateurs, qui la

délaisse après l'avoir déshonorée. Que devient alors ma pauvre Zelmire? Elle rougit un moment d'avoir porté dans son sein le fruit de ses coupables amours; mais bientôt n'ayant plus ni pudeur, ni honte, elle se livre entièrement au libertinage, flétrit chaque jour sa santé, vieillit avec douleur, devient odieuse à elle-même, et enfin, abandonnée de tout le monde, elle finit sa carrière dans les remords et les maux les plus affreux.

Certes, si on ne trouve pas là une leçon morale et une catastrophe alarmante, j'avoue que je me suis trompé, et je remercie le gazetier complaisant qui a pris la peine de m'en avertir.

J'ignore si on guérit les femmes de la coquetterie, mais je crois que, si on peut y réussir, il n'est pas de moyen plus sûr que de leur mettre sous les yeux

le tableau d'une coquette qui a été trom-
pée, et qui finit comme la mienne. *La
coquetterie*, a dit Labruyère, *est un dé-
réglement de l'esprit.* On pourrait ajouter
que, lorsque l'esprit est déréglé, le cœur
ne peut pas rester long-tems sans se cor-
rompre. Quoi qu'il en soit, je desire que
ma Zelmire serve d'exemple à toutes les
Coquettes, et que, si elle ne parvient à les
corriger, elle puisse du moins préserver de
la coquetterie les femmes qui y sont dispo-
sées.

EPITRE

A ZELMIRE

SUR

LES DANGERS DE LA COQUETTERIE.

Je vais t'entretenir, amante trop chérie,
Des dangereux attraits de la Coquetterie.
Il se peut, j'en conviens, que je perde mon tems;
Mais qu'importe; du moins j'aurai parlé bon sens.
Parler bon sens! -- Oui. Quoi! déjà je te vois rire
Du sujet sérieux qui m'anime et m'inspire.
Allons, Zelmire, ris; mais après suis le cours
Des conseils dont mon cœur va semer ce discours.
Mon Pégase fougueux brûle d'impatience,
Et d'un air triomphant dans l'arène s'élance.

Là, d'un pinceau léger variant mes tableaux,
Je peindrai dans mes vers tes goûts et tes défauts.

Tu parais, et d'abord ta superbe toilette
Décèle sur ton front l'esprit d'une coquette.
Les Grâces et les Ris accompagnent tes pas,
Et l'Art ingénieux embellit tes appas.
Tous les yeux sont fixés sur ta riche parure,
Et chacun s'entretient de ta rare coiffure.
Ton élégance enfin que l'on admire en tout,
Fait reconnaître en toi la déesse du goût.
Ce titre est trop flatteur, séduisante Zelmire,
Pour ne pas te porter au comble du délire.
Semblable au papillon qui règne sur les fleurs,
Déjà tu crois régner sur plus de mille cœurs.
Déjà par tes talens, ton esprit, ton sourire,
Tu fais goûter les lois de ton aimable empire.

O douce illusion ! rêve trop enchanteur !
C'est par toi qu'en ce monde on connaît le bonheur.
Le bonheur, on le sait, n'est jamais qu'un mensonge ;
Les mortels ici bas ne sont heureux qu'en songe.

Ariste voudrait seul devenir ton amant ;
Eraste est animé du même sentiment.

L'un te plaît par son air, son ton et sa tournure ;

De l'autre avec plaisir tu cherches la figure.

Ton cœur te fait donner, dans son choix incertain,

Un regard tendre à l'un, quand l'autre prend ta main.

Les deux rivaux jaloux de fixer la coquette,

S'empressent à l'envi d'animer la fleurette.

Tantôt c'est un soupir, tantôt un compliment,

Et tantôt un coup-d'œil lancé furtivement.

Tu deviens tout à coup mille fois plus aimable,

Et par ton esprit seul on te trouve adorable ;

Et chacun te préfère à la fade beauté

Qui glace les amans par l'insipidité.

Prends garde néanmoins, quoique tu sois volage,

De ne jamais tenir un propos qui t'engage :

Quand on parle beaucoup on peut innocemment

Disposer quelquefois son cœur au sentiment.

L'amour fait aussitôt prendre un autre langage,

Et la coquette alors perd tout son avantage :

L'on voit dans son regard, moins armé de rigueur,

Paraître par degré cette douce langueur

Qui dévoile si bien les sentimens de l'âme,

Ainsi que les attraits d'une naissante flâme.

L'amant, sur ses progrès les yeux toujours ouverts,
Redouble ses transports, et par des soins divers
Que l'artifice amène et reproduit sans cesse,
Il livre son amante aux accès de l'ivresse.
Il triomphe..... il s'enfuit..... et la victime en pleurs
N'a plus que des regrets et d'amères douleurs.

Ah! Zelmire, crois-moi, plus de coquetterie;
De l'amour ne fais pas une plaisanterie:
Ne brave pas un dieu qui soumet l'univers;
Abjure tes erreurs et médite mes vers.

Je ne veux point pourtant qu'une austère morale
De toi fasse soudain une grave vestale:
Mais je veux que ton cœur, connaissant le vrai bien,
Brise ses talismans et forme un doux lien;
Qu'il ne soit plus séduit par ses rians caprices;
Qu'il ne soit plus trompé par des plaisirs factices,
Et qu'il sache en un mot qu'il pourrait malgré lui
Rencontrer un vainqueur qui fût son ennemi.
Lorsque de la prudence on méconnaît l'usage,
La liberté toujours amène l'esclavage.

Le coursier indompté hennit, dresse son crin,
Et part comme l'éclair à l'approche du frein.

Il galope au hasard en élevant la tête,
Mais un piége à la fin le surprend et l'arrête.
Alors sans hésiter, docile, mais honteux,
Le superbe animal se montre moins fougueux ;
Et chaque jour soumis, d'un air triste et timide,
Il fléchit sous le joug de celui qui le guide.

Sans songer à briller par la comparaison,
Je veux, si je le puis, te rendre à la raison.

Va chercher le bonheur au sein du mariage ;
Respecte les devoirs qu'on y met en usage ;
Et si tu veux jouir d'un sort toujours heureux,
Que l'Amour te choisisse un époux vertueux.
Quitte enfin les hochets qui trompent la jeunesse,
Et vois les maux affreux qui suivent la vieillesse.

L'Hymen n'interdit pas mille utiles plaisirs,
Dont on peut quelquefois occuper ses loisirs ;
Et sans porter atteinte aux soins de son ménage,
Une épouse toujours peut avoir l'avantage,
Pour atteindre le but qui mène au vrai bonheur,
D'instruire son esprit en nourrissant son cœur.
Rien ne doit l'empêcher, dans l'art où je m'escrime,
De s'exercer par fois à chercher une rime.

Il ne faut pourtant pas qu'un vol ambitieux

Lui tourne la cervelle et la transporte aux cieux.

Douce, aimable, sensible, elle doit du Parnasse

Ne s'attacher qu'aux fleurs sans commenter Horace,

Sans traduire Virgile, Ovide ou Juvénal;

Et sans produire même un simple madrigal

Qui dût, en enflammant son imprudente verve,

Lui faire négliger l'aiguille de Minerve.

En unissant ton cœur à celui d'un époux,

Tu trouverais encor des plaisirs bien plus doux;

Et lorsque, de l'hymen connaissant le mystère,

Le destin plusieurs fois t'eût fait devenir mère,

Ton âme sourirait à d'autres sentimens;

Et te mêlant toi-même aux jeux de tes enfans,

Fière de voir en eux ta plus fidèle image,

Tu bénirais alors ton heureux mariage.

Mais tous ces beaux conseils te semblent superflus;

Tu ne vois à tes pieds que des amans vaincus.

Suis donc, Zelmire, suis ta flatteuse carrière,

Et jamais à tes goûts n'oppose de barrière.

Tous les matins reçois cinquante billets doux,

Et donne pour le soir autant de rendez-vous.

Donne ensuite le ton, promulgue aussi la mode,

Et de colifichets invente un nouveau code.

Commente avec esprit notre *Gentil Bernard,*

Et dans l'art de tromper mets encore plus d'art.

Par d'utiles leçons et de savans préceptes

Tu formeras sans peine un grand nombre d'adeptes.

Va, tu n'as rien à craindre, et l'enfant de Cypris

Un jour dans tes filets se trouvera surpris.

Le jeune dieu, docile à ton ordre suprême,

Au lieu de commander obéira lui-même.

Ne crains pas de Psyché le destin malheureux,

Et brave de Vénus le regard furieux.

Tous les enchantemens de la fière déesse

Ne pourront à ton cœur inspirer de tendresse.

On lira dans tes yeux : *Respectez mes appas ;*

Je donne de l'amour, mais je n'en reçois pas.

Zelmire, cependant si les traits de l'envie

Venaient empoisonner les douceurs de ta vie;

Si les méchans surtout, déchaînés contre toi,

De te persécuter se fesaient une loi,

Aurais-tu constamment la force, le courage

De subir à la fois le mépris et l'outrage?

Ne vaudrait-il pas mieux, pour sauver ton honneur,

Ne pas tant s'éloigner des lois de la pudeur?

Quand on veut exceller dans la coquetterie,

Il faut au ton léger mêler la pruderie ;

Toujours il faut avoir dans la société

Les propos du bon ton et de l'honnêteté.

Une fille au-dehors, sans cesser d'être aimable,

Doit toujours avoir l'art de paraître estimable.

Il faut que la raison la guide dans le jour,

Et que pendant la nuit elle serve l'amour. (1)

Il faut que les amans qui brûlent de lui plaire

Soient trompés tour à tour dans l'ombre du mystère.

Il faut, Zelmire, il faut..... Mais j'aperçois Damis

Qui pourra mieux que moi te donner des avis.

Changeons donc de langage et varions la scène :

Damis a de l'esprit, il séduit, il entraîne.....

Oui, j'ose présumer, quand tu l'auras connu,

Qu'aisément il fera chanceler ta vertu.

Mais ton cœur indocile à ces propos s'offense,

Et rejette à jamais les lois de la constance.

Hé bien ! sois inconstante et mère des desirs ;

---

(1) Loin de prendre ce vers à la lettre, on doit le regarder
au contraire comme le trait le plus satirique que je puisse
lancer à ma Coquette.

Deviens également la mère des plaisirs :
Va faire remarquer au jardin d'Idalie
Tous les charmans écarts de ta rare folie,
Et prends soin de montrer à tous les sens émus
Tes deux boutons de rose ainsi que tes bras nus.
Des coquettes du jour sois la plus *merveilleuse*,
Si tu veux devenir aussi la plus heureuse ;
Fais briller à leurs yeux l'or et les diamans,
Et de leur cœur jaloux éloigne les amans.
Ne redoute jamais l'écueil de la misère,
Puisque tu peux jouir des trésors de ton père.
Suis tes goûts, je reviens, et que ton char roulant
Aux yeux des spectateurs montre un luxe insolent.
C'est par l'or que l'on plaît, c'est pour l'or que l'on aime :
L'Amour au dieu Plutus rend hommage lui-même.

Tu peux également briller à *Tivoli*,
Que l'art pour les plaisirs semble avoir embelli.
Là tu peux d'un regard, adorable Zelmire,
Sur mille amans nouveaux établir ton empire.
Léandre, Florimont, Linval et Dalincour
Te jureront tout bas un éternel amour.
Tu riras de leurs feux ; mais par un cas étrange
Tu pourrais t'enflammer du jeune et beau Solange.

Solange, quand il veut, change si bien de ton,
Qu'on le prend aisément pour un vrai Céladon.
Il a l'art de répandre à propos la fleurette,
Et sait adroitement fixer une coquette.
Un seul mot de sa bouche, un coup-d'œil, un soupir,
Tout ce qui part de lui fait naître le desir.

Mais que t'importe à toi? Zelmire, avec tes charmes
Aux rebelles mortels tu fais rendre les armes.
Que tu trouves Linval, Solange et Dalincour,
Ils seront par tes yeux subjugués tour à tour;
Et si jamais quelqu'un a le don de te plaire,
Il pourra se flatter d'être un phénix sur terre.

Tu connais assez bien les secrets de ton art
Pour savoir à propos varier ton regard,
Et pour prendre surtout mille formes diverses
Que tu sais opposer aux fâcheuses traverses.
Nouveau Protée aimable, et toujours dangereux,
Tu règnes sur les cœurs sans faire des heureux;
Et variant ainsi les plaisirs de ta gloire,
Tu voltiges gaîment de victoire en victoire.

Quoi ! déjà le soleil, prêt à finir son cours,

Ralentit ses coursiers et rétrécit les jours;

Chaque nuit plus long-tems enseveli dans l'onde,

Il se lève plus tard pour éclairer le monde.

Flore, Cérès, Pomone et le Dieu des jardins

Vont se réfugier dans des climats lointains.

L'hiver reste isolé sur les bords de la Seine,

Et les Phrynés du jour volent chez Melpomène,

Que l'on voit tristement couverte d'un grand deuil,

Prête à s'ensevelir dans la nuit d'un cercueil.

Mais pour n'être pas pris par la mélancolie,

Laissons là Melpomène, et parlons de Thalie:

Comme sa sœur, Thalie eut de tendres amans

Qui savaient embellir sa cour par leurs talens.

Chacun d'eux à l'envi s'efforçait de lui plaire,

Et le public instruit les jugeait du parterre.

Aujourd'hui cette Muse, en déplorant son art,

N'a pour se consoler qu'Harleville (1) et Picard. (2)

---

(1) Au moment où je corrige l'épreuve de cette Epître, j'apprends la mort de Collin-d'Harleville. Les amis des lettres le regretteront long-tems, et Thalie en portera le deuil.

(2) On citerait encore avec plaisir M. Andrieux, et on pourrait dire alors qu'il forme le triumvirat comique, sur lequel fonde sans espoir notre Thalie en décadence. Ces trois

Nous pouvons toutefois rire à la comédie,

Et si tu veux pleurer va voir *Misanthropie.* (1)

Misanthropie, hélas ! -- Mais tu bâilles, je crois.

Il est doux de bâiller, de pleurer à la fois.

Sais-tu bien que le drame est d'un genre si rare,

Qu'il faut pour le traiter avoir l'esprit bizarre;

Ou si tu veux pousser plus loin la vérité,

Le drame est un enfant de la difformité.

Promenons nos regards sur la scène lyrique :

A l'Opéra, Zelmire, on expire en musique.

Est- il rien d'aussi doux pour l'amant généreux

Que de dire en chantant : *je meurs, je suis heureux?*

Conçois-tu ce bonheur? Pour moi, je le confesse,

Je n'aime pas le chant où l'on meure de tendresse;

Et de peur que ce goût nous trouble la raison,

Allons nous égayer à l'Opéra-Bouffon.

Ah, Zelmire ! c'est là que tu riras, je pense :

---

auteurs jouissent assez de l'estime publique, et ils ont été tour à tour justement appréciés par un homme qui juge avec beaucoup de goût lorsqu'il ne se passionne pas.

(1) Le plus grand mérite de ce drame est d'avoir été mis en scène française par madame Molé. Il en est souvent des pièces de théâtre comme de la mode : il a été du bon ton d'aller rire à madame Angot, comme d'aller pleurer à Misanthropie et Repentir.

L'esprit et le bon sens, jamais d'intelligence,
Y dessinent si bien un plan si mal conçu,
Qu'on doit siffler l'auteur au premier aperçu.
Il n'en est pas ainsi du charmant Vaudeville,
Où l'on voit des auteurs l'esprit toujours fertile
Attirer tout Paris par de piquans bons mots,
Et fort adroitement saisir les à-propos.
Aujourd'hui paraît-il une pièce nouvelle,
Ils arment aussitôt la satire contr'elle;
Et du public crédule et toujours indulgent,
Ces messieurs chaque jour savent pomper l'argent.(1)
Ils possèdent fort bien l'art de la parodie,
Mais souvent ils sont vingt pour une rapsodie.
Enfin pour amuser les sots et les enfans,
Ils donnent un concert à de lourds Eléphans. (2)

Zelmire, c'est assez; laissons le Vaudeville,
Et reprenons le fil d'un sujet plus utile.
Tu me plais, tu le sais; oui, tu peux de mon cœur
Faire le désespoir ou fixer le bonheur.

____

(1) Expression dont ils se sont servi dans un petit vaudeville intitulé : *Concert aux Eléphans.*
(2) C'est le vaudeville dont nous avons parlé.

Ah! tourne tes regards vers l'amant qui t'adore,

Et calme de l'amour le feu qui me dévore.

Viens t'unir à mon sort, viens couronner mes vœux,

Et qu'un lien sacré nous enchaîne tous deux.

Mais que dis-je, insensé! ma Zelmire volage

D'un véritable amant n'aime pas le langage :

A chaque instant en proie à de nouveaux desirs,

Elle aime mieux régner dans le sein des plaisirs,

Qu'au milieu des douceurs d'un amour légitime

Qui la mette à l'abri des atteintes du crime.

Il faut donc renoncer à mes réflexions,

Et terminer ici toutes digressions.

Allons, je me soumets; cherche à te satisfaire.

Si tu ne sais aimer, du moins tu sauras plaire.

Moissonne sans rougir les fleurs de ton printems,

Et ne redoute pas les ravages du tems.

Après avoir couru les fêtes, les spectacles,

Dans un brillant soupé va faire des miracles.

Anime ton cerveau d'un champagne fumeux,

Et fais tourner la tête à tous les *merveilleux*.

Développe avec goût ta voix pleine de charmes;

Aux Cloris de nos jours fais rendre aussi les armes.

Qu'un piano sonore, animé sous tes doigts,
Mêle son harmonie aux accens de ta voix.
Par tes divers talens enchante tous les âges;
Qu'on te rende partout de fastueux hommages,
Et que la Renommée apprenne à l'univers
Qu'on brigue ici l'honneur de vivre dans tes fers.

Mais disparais ensuite, et que ton inconstance
Sur l'aile des Plaisirs te transporte où l'on danse.
Zelmire, c'est au bal que ton heureux destin
Te prépare un succès honorable et certain.
Dans ce brillant concours personne ne t'efface :
Du sol ton pied léger effleurant la surface,
Egale Terpsichore, et chaque spectateur
T'admire, t'applaudit et tremble pour son cœur.

D'un destin aussi beau sens-tu bien l'avantage?
Régner en liberté ! tenir dans l'esclavage
Un million d'amans empressés tour à tour
A jouir du bonheur de te faire la cour !
Ne trouver nulle part coquette ni vestale
Qui puisse en te voyant se dire ta rivale !
Voilà, quoi qu'on en dise, un sort bien glorieux,
Si jamais on ne peut l'appeler très-heureux.

Mais prends garde au moment dont l'Amour te menace,

Et crains de n'éprouver quelque grande disgrace.

Arme-toi de rigueur : je t'observe, et je crois

Que tes yeux t'ont trahie et qu'ils ont fait un choix.

Tu souris à Solange, et Solange s'empresse

De te peindre l'excès de toute sa tendresse.

Il veut dans son transport t'accompagner chez toi,

Et de te respecter il se fait une loi.

Zelmire, que fais-tu ? Tu cèdes sans instance,

Sans songer un moment à ta folle imprudence.

Il te suit; on le voit dans le char qui t'attend,

Et l'amour s'applaudit du piège qu'il te tend.

Vous arrivez, et là Solange se prépare

A verser dans ton ame un poison qui t'égare.

Il redouble d'ardeur, et son perfide encens

Assoupit ta raison et réveille tes sens.

Il te presse, il te jure une flamme éternelle;

Tu sembles desirer qu'il te reste fidelle.

Il te vole un baiser, tu ne te défends pas;

Plus téméraire encore, il tombe dans tes bras...

Misérable ! frémis; ta défaite est certaine;

Rien ne peut retenir le penchant qui t'entraîne.

Tu ne peux résister à ce puissant desir

Qui naît dans tous les cœurs par l'attrait du plaisir.

Quelle rougeur, ô ciel ! vient couvrir ton visage !
Solange a triomphé ! quel funeste présage !
Que vas-tu devenir ? Zelmire, qu'as-tu fait !
De l'amour pourras-tu supporter le forfait ?
Que de cuisans remords vont déchirer ton âme,
Quand le fruit innocent de ta coupable flâme,
Aux yeux de tout un peuple attestant ton malheur,
Gravera sur ton front le sceau du déshonneur !
Tu pleureras alors sans pouvoir te soustraire
Aux traits réitérés d'une censure amère.
Tu n'auras plus enfin ni pudeur ni vertus ;
Toute entière vouée au culte de Vénus,
Dont l'autel profané par de viles prêtresses
Sert du matin au soir à d'impures ivresses,
De sa fatale main l'infame obscénité
Flétrira sans pitié les fleurs de ta santé.

Le Tems, vieillard hideux, avec ses doigts arides
Bientôt sur ta figure imprimera ses rides.
Tes cheveux blanchiront, et tes appas vieillis
Deviendront tous les jours tes plus grands ennemis.
On ne te verra plus briller par la saillie
Qui caractérisait ton aimable folie ;

La douleur et l'ennui traceront dans tes yeux
L'inutile regret de tes momens heureux.
En vain chercheras-tu dans ta longue vieillesse
Les jours de ton printems filés pour l'alégresse;
Ce tems ne sera plus où tes enchantemens
Attachaient à ton char cette foule d'amans
Qui, jaloux à la fois de t'aimer, de te plaire,
Te prodiguaient l'encens que l'on brûle à Cythère,
Et dont les doux propos qui flattaient ton orgueil,
Leur attiraient toujours la faveur d'un coup-d'œil.
A toi-même odieuse en consultant ta glace,
Tu ne pourras souffrir l'horreur de ta disgrace,
Et dans le désespoir qui rongera ton cœur,
Tu ne trouveras plus aucun consolateur.
Amans, amis, parens, tout aura pris la fuite:
Seule, en proie aux douleurs de ta folle conduite,
Il ne te restera, pour terminer ton sort,
Que les affreux tourmens d'une honteuse mort.

EPITRE

A MA MUSE

SUR LES INCONVÉNIENS DE FAIRE DES VERS QUAND ON EST DANS LA MISÈRE.

Seconde édition, corrigée et augmentée.

EPITRE

A MA MUSE

SUR LES INCONVÉNIENS DE FAIRE DES VERS QUAND ON EST DANS LA MISÈRE.

> Dulces *post* omnia musæ.

Descends du Pinde, ô Muse consolante !
Viens alléger le poids de mes malheurs,
Et que ta voix aimable et séduisante
Calme un instant mes profondes douleurs.
Par une erreur que la raison excuse,
Imprudemment je quittai de Vaucluse
Les bords fleuris et les rians coteaux,
Où Pan lui-même a soin de ses troupeaux ;
Où de Bacchus la coupe enchanteresse
A petits frais ranime la vieillesse ;

Où la Dryade et le Faune amoureux,

Sans se tromper, s'enivrent de tendresse ;

Où Vénus rend tous les amans heureux,

Sans se servir des ressorts de l'adresse ;

Où le matin, pour prix de mon amour,

Je recevais de ma jeune bergère

Un doux baiser, une fleur, un bonjour...

J'étais heureux puisque je savais plaire.

Combien de fois je soupire après vous,

O bords chéris ! ô la plus tendre amante !

Mais le besoin sans pitié me tourmente,

Et va bientôt m'accabler de ses coups.

Muse, dis-moi : que faut-il que je fasse ?

Un talisman vint fasciner mes yeux,

Et m'éblouit par l'aspect d'une place

Qui m'assurait le sort le plus heureux.

Illusion ! aveuglement funeste !

De loin Paris est un monde nouveau,

Où chacun voit tous les objets en beau.

Le seul espoir qui me flatte et me reste,

C'est de puiser dans tes douces erreurs

De tems en tems de paisibles douceurs.

Voyons pourtant si dans la poésie

On peut trouver les moyens d'exister.

Tous les accords de ta douce harmonie
Pourront me plaire et même m'enchanter;
Mais quand le soir, la figure alongée,
L'estomac vide, et la verve affligée
Par la douleur, je te dïrai : j'ai faim.
Tu répondras : Attends jusqu'à demain;
Tu peux ce soir souper de renommée,
D'un grain d'encens et d'un peu de fumée.

Non, ce projet n'a point d'attraits pour moi,
Et j'y vais donc renoncer et me taire;
Car raisonnons de la meilleure foi :
Muse, peux-tu sur les traces d'Homère
Prendre ton vol et chanter les héros ?
Ou bien veux-tu rimer dans la poussière,
Et figurer dans la classe des sots ?

Ton amour-propre à ce discours s'offense,
Et, sans songer à ta folle imprudence,
Je t'aperçois le front ceint d'un laurier,
Prête à chanter le plus vaillant guerrier.
Prends garde au moins, Muse, je t'en conjure :
Va consulter le charmant Dieu des vers;
Il t'apprendra que cette route obscure
Conduit l'auteur à mille écueils divers.

Consulte encore avant d'entrer en lice,
Consulte Horace et ton ami Boileau,
Et ne viens pas, par goût ou par caprice,
A chaque instant déranger mon cerveau.

Si toutefois ma veine poétique
Laisse échapper quelques vers à tes vœux,
Crois-tu planer sur l'aile pindarique,
Et mériter un renom fastueux?
Ou bien crois-tu que l'aimable Thalie
En débutant t'accorde ses faveurs?
Ne sais-tu pas que les traits de l'envie
Sont dirigés sur les nouveaux auteurs?
Il vaut bien mieux, entre Flore et Pomone,
Cueillir au sein de la tranquillité
De tendres fleurs et des fruits de l'automne,
Que les lauriers de l'immortalité.
Le vain éclat d'un pompeux étalage,
Et tout l'honneur d'un char majestueux,
N'ont pas pour moi le prix d'un vert bocage,
Ni les douceurs d'un langage amoureux.

C'en est donc fait; Muse, je m'abandonne
A tes desirs, à tes charmes puissans:
Tu veux rimer; hé bien, soit, j'y consens.

Oui, c'en est fait; ma Muse me l'ordonne.
Anacréon prête-moi ton pinceau!
Tendre Sapho, viens me prêter ta lyre!
Viens, Apollon, diriger mon délire
A la lueur de ton divin flambeau!

Déjà pour moi Pégase s'évertue,
Et d'un seul trait me fait percer la nue.
J'arrive donc au céleste séjour,
Et je me trouve au palais d'Uranie,
Dont les beaux yeux pétillant de génie
Font l'ornement de sa brillante cour.
Salut, ô toi dont la docte lunette
Fait voyager de planette en planette :
Ne sais-tu pas un nouvel univers
Où l'on pût vivre en façonnant des vers ?
Car ce métier n'est bon dans notre sphère
Qu'à procurer un brevet de misère.
Je ne viens point ici t'en imposer;
Ma Muse est franche, et sa douleur profonde
Excusera son humeur vagabonde.

D'après ses vœux, j'ai voulu tout oser :
Mais si tu crois qu'elle n'est pas sincère,
Quitte le ciel, et descends sur la terre.

Tu trouveras mille nouveaux Crésus
Qui, méprisant l'homme dans l'indigence,
Ont oublié les haillons qu'ils n'ont plus,
En s'enivrant de leur vaine opulence;
Beaucoup de sots qui, dédaignant les arts,
Vont s'abrutir dans d'obscènes écarts;
Mille beautés dont l'adroite souplesse
Unit au vice une feinte tendresse;
Force faquins, escrocs intelligens,
Qui poliment dévalisent les gens;
Beaucoup d'auteurs, soit en vers soit en prose,
Parlant beaucoup pour dire peu chose;
Des gens d'esprit autrefois mécréans,
Et qui, prôneurs de la philosophie,
Ont aujourd'hui la cynique manie
De s'écarter des règles du bon sens;
Peu de vertus et beaucoup d'égoïsme;
Peu d'amitié, bien moins d'humanité;
Peu de sagesse et beaucoup d'incivisme;
Peu de franchise et de moralité;
Beaucoup d'astuce et beaucoup d'artifice;
Peu de raison et bien moins de justice.
Il n'est enfin pas de plus douce loi
Que d'y régner dans la mauvaise foi.

Juge à présent si le pauvre poète
Peut y trouver une existence honnête.

Tel est son sort, l'homme est né malheureux;
Dans tous les tems il se rendit coupable,
Et l'âge d'or de nos premiers aïeux
Ne fut jamais qu'une charmante fable.
Heureux celui qui cultive son champ,
Qui, loin du bruit que l'on fait à la ville,
Vit ignoré sans devenir méchant;
Qui d'un flatteur n'a pas l'âme servile,
Et qui, fuyant les titres et l'honneur,
Des passions devient toujours vainqueur !
Heureux encor l'homme modeste et sage,
Dont le travail forme l'unique vœu,
Et qui, des grands dédaignant le servage,
Sait chaque jour se contenter de peu !
Muse, c'est là le bonheur de la vie.
Mais repartons, car ta sœur Uranie,
Les yeux fixés sur un monde nouveau,
Croit de Saturne avoir trouvé l'anneau.
Laissons-la donc dans son astronomie
Chercher du ciel tous les astres mouvans,

Et, peu jaloux de ses vains ornemens,
N'envions pas l'honneur de l'ambroisie.
Allons plutôt dans l'île de Cypris
Peindre l'Amour, les Grâces et les Ris;
Et si par fois ma tendre frénésie
Me fait couler plus d'un heureux moment,
Sans m'exposer aux fureurs de l'envie,
J'adoucirai par ce délassement
Les maux cuisans de ma pénible vie.

Déjà mon cœur, dans ce penser charmant,
A petits traits savoure la tendresse;
Et dans l'excès de cette folle ivresse
Rien n'est égal à son égarement.
L'amour pourtant procure des disgraces,
Et si jamais j'en étais menacé,
Je ne saurais, comme un sot insensé,
Des noms fameux aller suivre les traces.
J'aime bien mieux suivre le papillon,
Et c'est, je crois, le parti le plus sage,
Sans me fixer vivre en amant volage,
Que d'imiter l'amante de Phaon.

Muse, je sens augmenter mon délire:
Que tes attraits ont d'empire sur moi!

Vivre et mourir sous ta suprême loi
Est le serment que je fais sur ma lyre.
Je rimerai sans boire et sans manger;
Je braverai ma cruelle détresse,
Et puis enfin j'irai me soulager
En me noyant dans les eaux du Permesse.

Hélas ! faut-il que cette noble erreur
Vienne toujours me chatouiller le cœur !
Où me conduit cette aimable chimère ?
Jetons les yeux sur quelques beaux esprits,
Et nous verrons que leurs savans écrits
Ne les ont pas tiré de la misère.

De ville en ville allait jadis Homère
Pour adoucir son destin rigoureux;
Et s'il était par fois moins malheureux,
C'est quand ses vers au public savaient plaire.
Plaute autrefois pour un morceau de pain
D'un boulanger dirigeait le moulin.
On vit Térence, en fermant la paupière,
Né pas laisser pour les frais de sa bière.
On vit encore et Stace et Martial
Sécher leur Muse et la nourrir fort mal.

Le Tasse n'eut, si l'histoire est fidelle,
De quoi payer une mince *chandelle*;
Car, pour prouver le sort qui le poursuit,
Dans un sonnet il conjure sa chate
De lui prêter, pour écrire la nuit,
Le feu brillant de ses yeux d'écarlate.
Cruel destin! ô malheur sans égal!
Le Camoëns, pressé par la misère,
Ne put trouver dans tout le Portugal
De ses beaux vers l'honorable salaire,
Pour l'empêcher d'aller à l'hôpital.
Milton n'eut pas au bord de la Tamise,
Pour mettre au jour son *Paradis perdu*,
L'équivalent d'un seul petit écu.

Muse, c'est donc une étrange sottise
De s'escrimer à se faire un grand nom,
Puisque partout les lauriers d'Apollon
De les cueillir n'ont pas valu la peine.

On compte aussi sur les bords de la Seine
Beaucoup de noms qui furent très-fameux,
Mais peu d'auteurs qui vécurent heureux.
Malherbe, à qui de la langue française

Ont été dus les premiers ornemens,

Ne coula pas des jours fort à son aise.

Gombaut n'eut pas de plus heureux momens :

Tout comme lui nourri dans la détresse,

Il n'eut pour bien que les eaux du Permesse.

Tristan, Régnier, Scarron et Saint-Amand,

N'eurent jamais qu'un méchant vêtement.

Et de nos jours la fortune marâtre

A maltraité le pauvre Malfilâtre.

Gilbert écrit, et malgré ses talens,

Il meurt de faim à la fleur de ses ans.

Mais c'en est trop; Muse, cesse de peindre

D'autres auteurs qui furent malheureux,

Dont les talens doivent me faire craindre

D'être plus mal et de mourir comme eux.

Puis-je espérer que la faveur volage,

Un beau matin d'un sourire enchanteur,

Me tirera de mon cinquième étage

Pour me loger comme un nouveau seigneur?

Non, je ne puis souscrire à cette erreur.

Phébus sans or est un Dieu qu'on outrage;

Et si par fois la libéralité

D'un pauvre auteur ranime le courage,
C'est qu'en donnant on veut être vanté.

Mais quoi! l'hiver s'approche et me menace,
Et je n'aurai, dans mon grenier logé,
Jamais de quoi pouvoir lui faire face!
Muse, à présent je te donne congé;
Pour tes attraits je ne puis plus rien faire :
Assez long-tems j'ai voulu te complaire,
Et cependant tes charmantes faveurs
Ne peuvent point détruire mes douleurs.
Pendant l'été j'ai pu vivre sans linge,
Sans lumignon et sans bonnet de nuit:
Mais dans l'hiver où me vois-je réduit!
Je crains le froid à peu près comme un singe.
Pour mon dîné je n'ai qu'un verre d'eau,
Ou le malheur de descendre au tombeau.
Déjà je sens par les glaçons de l'ourse
Coaguler ma veine dans sa source.
Ah! si du moins un modeste manteau
Me permettait d'aller faire une course,
Sans hésiter j'irais tendre la main
Et mendier pour appaiser ma faim.

Mais j'ai fini; Muse, reprends ta lyre.

Je ne veux plus, oui, je romps mon serment,

Je ne veux plus devenir ton amant,

Si de Plutus je n'obtiens un sourire.

FIN.

9 782019 253318